AF482690

Leopold Schefer

Palmerio

e-artnow 2018

Walter Scott
Das Kloster: Historischer Roman

Alexandre Dumas
Die Gräfin Charny

Henryk Sienkiewicz
Sintflut (Historischer Roman)

Leopold Schefer
Die Gräfin Ulfeld (Historischer Roman)

Leopold Schefer
Ein Weihnachtsfest in Rom

Leopold Schefer
Der arme Dschem (Historischer Roman)

Jeremias Gotthelf
Geld und Geist

Karl Immermann
Der Oberhof

Gottfried Keller
Martin Salander (Klassiker des Heimatromans)

Walter Scott
Das Herz von Midlothian: Historischer Roman

Leopold Schefer

Palmerio

e-artnow, 2018
Kontakt: info@e-artnow.org

ISBN 978-80-268-8511-5

Inhaltsverzeichnis

Vorbemerkung:

Da flüchtige Leser oder ungünstige Beurtheiler dem Verfasser dieser höchst interessanten Novelle leicht Unrecht thun könnten, und glauben, er habe sie erfunden, um dem neuerregten Interesse das Deutschen an Griechenland damit entgegenzukommen, so müssen wir bemerken, daß der Verf. nach einer wahren Begebenheit erzählt hat, die er auf einer Reise durch Griechenland und Italien vor zwei Jahren in Chio selbst gehört und, und mit Veränderung der Namen, poetisch angeordnet hat. Alles ist treu und mit frischen Localfarben geschildert, so z.B. die Sitten der Mädchen auf Chio; auch die Lieder sind aus dem Neugriechischen. (Note der REDAKTION zur Erstausgabe des PALMERIO; 1823)

1. Wahl des Schicksals

Es ist etwas Reizendes um ein schönes italiänisches Mädchem, sie sey auch noch so munter und ausgelassen; denn von dem weiblichen Geschlechte verlangen wir nicht, daß es sich das Schicksal und die Sorge der Völker zu Herzen nehme, anders, als sie tragen zu helfen, zu lindern, und durch die ihm glücklich gegönnte Fröhlichkeit zu versüßen. Aber einen schönen italiänischen Jüngling schön zu finden, muß in seinen Zügen etwas Sehnsüchtiges, ja Melancholisches liegen, das ihm unsere Achtung gewinnt; denn sein Vaterland verlieren kann jedes Volk; auf Gräbern wohnen müssen viele Geschlechter; aber ob auch das noch würdig, oder verächtlich, dem Schickaal erlegen, oder darüber erhoben, das ist ein Unterschied, der die Menschen zum Staube wirft, oder zu Göttern macht.

Palmerio, schön wie der aus dem Himmel verbannte Hyperion, kam als Arzt nach Griechenland. Edle Wehmuth, doch vom Feuer der Jugend überglänzt, und süße Sehnsucht lag in seinen Zügen. Seine Vaterstadt Venedig war gefallen. Kein Edler Venezianer hatte mehr Aussicht auf Befehlshaberstellen und Aemter, auf Ehren und Reichthümer. Nichts war in den Provinzen zu erwerben, nichts zu Hause. Ein fremdes Leben durchzuckte die todten Glieder der bunten Amphibie; die Masken verloren sich aus den Hallen der Procurazien; die Wappen der drei Königreiche von den rothen Wappenträgern vor Sanct Markus; in den Sälen des Dogenpalastes hingen nur noch die großen stolzen Charten davon; in die Bleikammern wurde altes Geräth der Republik gestellt; die dumpfen Kerker am Canal sah nur das neugierige Auge des Fremden; die schwarzen Gondeln schienen eben so viele Charons-Nachen mit Todten, und die ehernen Riesen auf der Uhr der Merceria schlugen eine eherne Zeit. Der Engel auf der Spitze des hohen St. Markusthurmes, sonst golden mit goldenen Flügeln, durch Wetter und Sonne schwarz gebeizt, erschien nun als ein böser Geist, der die Handelsflotten, wie Schwärme von Seevögeln, von Malamocco hinweg scheuchte, und das Meer wüthete rastlos an der Riesenmauer des schiffleeren Hafens, ernstlich meinend sie zu zerstören, wie einst Poseidons Wall vor Ilion. Die reizenden Villen an der Brenta fülleten sich; die sonst nur als Sommergäste kamen, wurden jetzt ihre bleibenden Bewohner; dagegen sahen aus den Fenstern der Paläste in Venedig Schneider-, Schuhmacher- und Fischerweibergesichter; und wer edel und arm war, und bleiben mußte, streckte des Tages nur einmal nach den nothwendigsten Bedürfnissen des Lebens, ein Körbchen den Ausrufern aus dem Fenster herablassend, eine unwillige Hand heraus.

Palmerio's Vater hatte Handelsschiffe besessen, und er selbst war Seit der Knabenzeit bis in sein achtzehntes Jahr öfter mit ihm nach den Ionischen Inseln, nach Malta, Sicilien, den mittäglichen Küsten von Frankreich und Spanien geschifft, und nicht unkundig des Seelebens, des Schifferhandwerks, sowie der Platz- und Waarenkunde.

Der Alte war sonst mit drei großen Brigantinen gefahren; darauf nur mit zweien; zuletzt gar nur mit Einem Trabaculo, um sich und die Seinigen zu erhalten, bis er selbst auch damit im Sturme umkam. Unser Palmerio hatte sich in Padua und Florenz zum Arzt gebildet, in Hoffnung, sich in der Levante ein Vermögen zu sammeln; denn diese Richtung war ihm, als einem Abkömmlinge der altem Venezianer, geblieben, welche stets von ihren, in der Christenheit erlittenen Unfällen sich dort zu erholen wußten. Die Neugriechische Sprache aber war ihm, bei der Leichtigkeit, sie in seiner Vaterstadt zu lernen, und bei der frühern Nothwendigkeit für einen Venezianer, Sie zu wissen, ziemlich geläufig geworden. — Noch zog ihn ein geheimes Etwas dahin. — Es wohnt in jedem Menschen vom Jugend auf ein stilles Gefühl seines ganzen Wesens, dessen was er ist, wie er ist, was er vermöge, und was ihm versagt sey. Dieses leitet, treibt oder hemmt ihn, stimmt ihn betrübt oder heiter. Dem dreiundzwanzigjährigen Palmerio schien im Gefühl der Kraft seines üppiggesunden Leibes nichts unmöglich; das aus betroffenen Mädchenaugen erworbene Bewußtseyn seiner schönen Bildung machte ihm Vieles wahrscheinlich, die männliche Eitelkeit machte es gewiß, die Hoffnung stellte es ihm schon nahe vor die Augen. Er glühte, er brannte. So zieht die Nachtigall in ferne Lande, gewiß, daß der Frühling schon dort sey, daß sie ihn bringe, ihn erschaffen helfe, ja daß sie selbst ein Theil davon sey!

Und blühn die Gebüsche noch nicht, so setzt sie sich indeß in die nur kaum verbergenden Hecken, und schlägt sehnsüchtig; denn er kommt gewiß.

2. Der Herzog von Athen

So eben war Palmerio singend in Porto-Leone vor Athen gelandet; seine Sachen lagen ausgeschifft und zusammengehauft am Strande; er wartete auf Pferde. Voll Ungeduld ging er den Weg hinauf, und setzte sich an Euripides Grabmal, das die Engländer, wie so manches, thöricht bis auf den Grund ausgewühlt, nicht wissend oder nicht glaubend, daß es leer sey. Wenn er sonst seinen geliebten Alfieri las, in dem wunderbaren Zauberspiegel der Welt die schönen ätherischen Gebilde wandeln sah, die im Glücke selig, in ihren Verwickelungen reizend, in der Klage noch süß, im Unglück, ja im Tode noch ihm beneidenswerth erschienen, so wünschte er nie ein Dichter zu seyn, aber, eines Dichters werth, ein Leben zu leben, das in seine Farben getaucht, in das stille unzugangbar-selige Reich der Dichtung erhoben, Andre entzücke, wie ihn die Geschicke Andrer oft so unaussprechlich gereizt und entzückt. Gedankenvoll hing sein Auge an der Burg von Athen; Frühlingsregen hatte des Parthenon Säulen, gleich rosigen Töchtern, mit frischem Himmelsthau gebadet, und die Sonne trocknete sie jetzt, mit vollem Lichte darauf wärmend. Ein Schauer fuhr durch seine Seele, wie des Todes, und eine Begebenheit, deren er sich lange nicht erinnert, trat ihm jetzt lebhaft vor die Seele.

Einer seiner Vorfahren, Piedro Palmerio, war Herzog von Athen. Als armer, junger, aber schöner Kaufmann kam er dahin von Venedig, wo er sein gutes Weib indeß nach Kräften versorgt. Der vorige Herzog, Nerio Acciajoli, gleichfalls ein Venezianer, war gestorben, und hatte einen kleinen Sohn und ein schönes Weib verlassen. Letztere war jung und feurig; und da sie Alles hatte, was der Reichste und Verwöhnteste selbst zum Leben für nothwendig hält, schien ihr nur das zu ihrem vollen Glück zu mangeln, was dem Weibe das Leben einzig schmückt: die Liebe, und männliche Schönheit. Ehe sie wußte, daß Piedro Palmerio verheirathet sey, hatte sie schon die heftigste Liebe zu ihm gefaßt. Daß er schon eine Frau beglücke, erfüllte sie mit Neid und Haß gegen dieselbe. Ihre Leidenschaft ging so weit, daß sie, uneingedenk des Knabens, den sie als Erben ihrem ersten Gemahl geboren, dem unentbehrlichen Geliebten versprach, sein Weib zu werden und ihn zum Herzog von Athen zu erheben, wenn er sein Weib verstieße und zum Schweigen brächte, damit sie Beide ohne Rache sicher lebten. Palmerio, stolz und ehrgeizig genug, Herzog zu werden, schönheitssüchtig genug, die schöne Frau sein zu nennen, die er gleich heftig, ja womöglich noch unbesonnener, noch rücksichtsloser liebte, als sie ihn - scheute den langen Weg nicht, scheute nicht seinem der Rückkehr frohen Weibe Gift zu mischen, und a l s o sich von ihr scheidend, a l s o Sie zum Schweigen bringend, seine Hand frei zu machen. Gleichviel für ihn, mit welchem Herzen, kehrte er zurück; gleichviel, um welches Opfer, heirathete er die Herzogin, und ward Fürst von Athen; denn seine Gemahlin hatte großen Einfluß an Mahomet des Zweiten Hofe, schon dadurch, daß sie als schön berühmt war. Aber ein Verwandter des verstorbenen Herzogs, Frenco Acciajoli, der selbst das schönste Herzogthum und das schönste Weib gehofft, den sie aber, als häßlich, verschmäht hatte, entdeckte die That nach ihrem wahren Hergange den Mahomet. Und da der neue Herzog Piedro Palmerio sich gegen seine Unterthanen hart, ja grausam erzeigte, so ließ ihn Mahomet fallen, und gab das Herzogthum dem Franco, dessen erste That als Herzog war, die Prinzessin in den Kerker zu werfen und ermorden zu lassen. Dafür nahm Omar, Feldherr Mahomets, endlich für diesen Athen in Besitz, welches er lange gewünscht, da er es längst bewundert hatte. Franco aber hielt die Burg, wie sein Leben, fest; und um ihrer zu schonen, tauschte sie ihn Mahomet für Theben ab. Denn Einer muß aufhören zu rächen, Einer muß die alten Gewebe vom Webstuhl der Zeit schneiden, wenn Raum für neue werden soll; und gewöhnlich thut es der Starke, weil er nicht etwa der Bessere - sondern der Sichere ist. -

„Palmerio! die Pferde kommen!" hörte Palmerio einen Matrosen rufen, und er erschrak vor seinen eignen Namen.

3. Die schöne Athenienserin und der Blumenname

Ein Arzt ist in der Türkei überall willkommen. Auch die Türken sind Menschen, und das Leben ist überall süß; am meisten, wo es so viele Gefahren bedrohn, und wo so wenig Hülfe und Rettung ist. Jeder Reisende, der einen Stock trägt, das dortige Zeichen eines Arztes, wird gewiß in jeder Straße vielfach angerufen, für irgend einen Kranken ein Mittel zu sagen; und wenn er keines sagt, keines weiß, wird er für hart und unbarmherzig gehalten. Palmerio hatte sich in Athen freundlich eingerichtet, einen armen, herumreisenden ältlichen Apotheker, Namens Bathori, einen verunglückten Cardinalssohn aus Rom, der zwar dem Weine freundschaftlichst ergeben, aber sonst geschickt und die treueste Seele von der Welt war, zu sich ins Haus genommen, und befand sich wohl. Obgleich Palmerio seine Kunst nicht als Zweck, sondern nur als Mittel betrachtete, so hatte ihm doch sein Eifer und sein glückliches Talent zu vieler Einsicht und Geschicklichkeit verholfen. Der gelehrte und vortreffliche Arzt, Abraamoty war alt, und reich; und Athen, welches an sybaritischem Leben keiner andern noch so schwelgerischem Stadt der Erde nachzustehen Lust hat, gewährte ihm reichliche Ernte und bedeutenden Ruf. Auch die Gewohnheit dortiger Aerzte, mehrere Städte und Dörfer zu durchreisen, und für einige Tage ihren Aufenthalt zu nehmen, wo ihre Hülfe erforderlich ist, diese eben so wohlthätige, als einträgliche Sitte ahmte Palmerio nach.

Eines Tages kam er von Marathon den Penthelikus herab in das schönste Dorf von Attika, nach Kephissiä, vom Ursprunge des Kephissus so genannt. Viele Türken und reiche Griechen haben dort ihre Landhäuser und Gärten von hohen Cypressen und Oliven. In der offenen Thür einer Gartenmauer, worüber in einer Entfernung ein freundliches Haus halb sichtbar emporragte, stand ein wohlgekleideter Mann von ungefähr vierzig Jahren, von eben culminirender, aber auffallender Schönheit, mit einem vornehmen, noch blühenden, jedoch schon Fülle ansetzenden Weibe von nur höchstens dreißig Jahren, redend, fragend und hörend, indeß Beide, Etwas erwägend, ihre Blicke nach ihm richteten, wie er von seinem lieben Haus- und Land-Apotheker Bathori begleitet, ruhig auf seinen Pferde des Weges hergeritten kam. Jetzt war er ihnen gegenüber. Er grüßte. Ein Wink; er hielt. Sie warteten; er stieg ab. Bathori hielt die Pferde. Sie gingen hinein; er folgte. Die Thür verschloß sich. Indem sie tiefer in den Garten gingen, sagte ihm der Eigenthümer leicht, doch ein hinlängliches Gewicht auf seinen Namen legend: „Ich heiße Palamedy; meine Tochter ist krank, Du sollst sagen, was ihr fehlt und ihr helfen. Palmerio bemerkte wenig Unruhe und Eil an den Aeltern; die Tochter konnte nicht gefährlich krank seyn. — Da sitzt sie! sprach die Mutter; siehe was ihr fehlt. Palmerio, der in Gedanken gegangen war, blickte auf. Ein Mädchen, in das Alter der Jungfrau übergehend, saß auf einem persischen Teppich, der über den grünen Rasen gebreitet war. Ihr Anzug war der einer Athenienserin, ihr Ueberkleid von veilchenblauer Seide, mit Gold besetzt; um den Leib wand sich ihr ein bunter, blumendurchwirkter Lachuri. Ihr langes schwarzes Haar, in dem Nacken getheilt, hing in losen, von eigener Feinheit und von Rosenöl schimmernden Massen, links und rechts des Gesichtes über ihre Brust herab; ein goldenes Tuch war leicht um ihren Kopf geschlungen, und blitzte in der Sonne, die zwischen Cypressen auf sie herab schien. An dem weißen Marmorrande eines Springbrunnens, der in einem Netz, dem Kinde gleich, mit seinem hohlen Balle unaufhörlich spielte, lagen Gold und Silberfasanen sich sonnend, die glänzenden Flügel ruhig über den kleinen rothen Fuß hingebreitet. Dahinter lag ein sauber gehaltenes Blumenbeet, worauf einzig und allein fünf Menschengroße, wehende und duftende Buchstaben von dichten Blumen gepflanzt waren; ein blaues M. ein weißes A. ein rothes R. ein gelbes I. und wie zu Anfang am Schluß ein blaues A.

Palmerio las den leuchtenden, lebendigen Namen MARIA mit sonderbar angeregten Gedanken. —

Es ist der Arzt, Elisabeth; sprach die Mutter. Palamedy winkte. Palmerio kniete zu ihr auf den Teppich, wollte ihr Handgelenk aus Bescheidenheit mit einem seidenen Tuche bedecken, um nach der Bewegung des Pulses zu fühlen. Wir sind keine Türken, sprach Palamedy lächelnd; prüfe sie, was ihr fehlt, Du mußt es ihr selbst abfragen! Palmerio fühlte an Elisabeth ein leichtes

Beben; ihr Blut ging schneller und schneller, sie ward blaß, sie ward roth — doch ein Fieber war es nicht. Er fragte sie, ob sie Schmerzen fühle? und wo? Nirgend, antwortete sie. Daß sie mit Gedeihen aß, trank und schlief, las er an ihrem blühenden Gesicht; - er fragte es also nicht erst. Alle schwiegen, einen Ausspruch von ihm erwartend. Verlegen sah er in ihre Hand, die er noch hielt, und bewunderte das feine Geflecht der Linien und das ganze zarte Gebild der Natur, für dessen Wesen und himmlische Erscheinung sein Gefühl jetzt keinen Namen hatte; denn die ganze Landschaft mit Bergen und Bäumen, Wolken und Sonne schien ihm außer aller Zeit schwebend, in unbekannte selige Ferne entrückt. Er sah nur sie, er fühlte nur sein Herz schlagen; aber nach seinem eigenen Namen hätte ihn Jeder jetzt umsonst gefragt. Palamedy unterbrach die Stille mit einem: Nun? Er besann sich, er durchblätterte in Gedanken die ganze Krankheitszeichenlehre, und fragte fast alphabetisch nach Allem. Sie senkte ihre Augen, und verneinte ihm alle mit Lächeln.

Halb unwillig stand er auf, wandte sich zu dem Vater und sagte an sich haltend: Haben Sie mir Ihre Bekanntschaft gönnen wollen, die ich über Alles schätze, so sey des Scherzes jetzt genug; Ihrer Tochter ist wohl. Palamedy lächelte. Palmerio, halb verdrießlich, halb verlegen, wollte Abschied nehmen, und sah noch einmal nach Elisabeth. Auch s i e hatte ihr schönes Gesicht nach ihm hinauf gewendet, so daß es die Sonne nun mit vollem Strahlenwurfe beleuchtete; sie aber sah, von allem dem Glanze ungeblendet, irr nach ihm hin. Er bemerkte dies, sah näher, kniete hin, sah nach, und sprach erschrocken und bang vor Wehmuth von ihr abgewendet: sie ist blind! — Elisabeth ward roth bis an die Stirn, und drückte ihr Gesicht schaam- und leidvoll in ihre Hände.

Ja! blind, seit ihrem dritten Jahre, Seit einer Krankheit; seufzte die Mutter. - Hülflos? frug Palamedy.

Palmerio lehnte Elisabeths Hände sanft von ihrem Gesicht zur Seite, und prüfte die Augen, die sich leise mit Thränen füllten. Er trocknete sie ihr sanft ab, erkannte die Krystalllinse vom reifen grauen Staare verdunkelt, und rief: Morgen soll sie sehen!

Die Mutter küßte ihm die Hände, der Vater steckte ihm einen Ring mit einem kostbaren Onyx, auf welchem ein Asklepios mit seinem Schlangenstabe erhoben gearbeitet stand, an den Finger.

- So komme Morgen! sprach er.

Palmerio verordnete das Nöthigste wegen des Verhaltens; denn es hinderte nichts, sogleich die Operation vorzunehmen, wenn er seine Nadeln bei sich gehabt.

Um den Engel noch einmal recht zu sehen und ihren Athem zu fühlen, sah er zum Scheine noch einmal nach ihren Augen. Sie war vor Freuden aufgestanden, und ihre schlanke Gestalt schien ihm so reizend, daß ihm der Athem stockte. Sie fühlte nach ihrer Mutter, und faßte seine Hand. Sie bemerkte, daß es die seinige war, aber sie behielt sie. Als er sich satt gesehen, und seine Seele ganz berauscht hatte, schied er schnell. Die Mutter führte Elisabeth in das Haus; Palamedy begleitete ihn. In der Thür blickt' er noch einmal zurück, aber der grüne Platz war leer; nur der Blumenname MARIA leuchtete ihm seitwärts unleserlich noch einmal in die Augen.

4. Orakel aus dem Wein

Ruinen waren dem Palmerio immer reizender vorgekommen, als neue, noch so prächtige Gebäude. Jetzt segnete er, auf seinem Heimritte nach Athen, die Burg, den Theseustempel und die ganze heilige Vorwelt, in die er sich so oft gewünscht hatte; aber leider hatte ihn keiner von allen den gangbaren Pfaden in sie zurückgeführt. "Wären das keine Ruinen, wäre nicht jede Rose der alten Welt verblüht; o so wäre Elisabeth nicht aus der verborgenen, reichen Tiefe der Natur in diesen Frühlingen aufgestiegen, so schlüge mein Herz mir nicht so hoch von Liebe. Ewige Liebe! so deckst du auch die Gräber in Frieden zu, und webst neue, köstliche Schleier über eine versunkene Welt!" So sprach er bei sich, und gestand sich selbst, er liebe das Mädchen, und hoffe, wenn sie Augen hätte, daß sie ihn wieder lieben werde. Was weiter werden sollte, dafür ließ er den Eros sorgen, den einzigen noch übrigen, statt Aller mächtigen Gott der Hellenen, den Gebieter der Griechen und Türken, den alleinigen Erben, Beschützer und Wohlthäter des Landes. Er grüßte heute auch freundlich die begegnenden Türken, als unschuldig daran, daß die Zeit ein Strom ist, der auch sie trägt und hinwegführt.

Als er nach Hause gekommen, gab er seinem erfreuten Bathori, dem er unterweges Alles erzählt hatte, Geld und den Auftrag, sich nach Palamedy unauffällig, doch genau, zu erkundigen. Er selbst besorgte seine Kranken indeß auf mehrere Tage, um beruhigter abwesend seyn zu können. Indem er noch seine Nadeln sorgfältiger putzte, trat Bathori ein, und berichtete. Palamedy, sprach er fröhlich erwärmt und schelmisch, soll eine Million Piaster schwer esyn! Er hat zwei große Schiffe beständig in See. Wo er her ist, weiß Niemand recht; seiner Aussprache nach, könnt' er von Kreta stammen. Obschon ein Grieche, der willig zu Allem seine Beisteuer gibt, soll er sich wenig um ihren Aberglauben kümmern. Ich sage auch: Er soll! Ich rede als Römer! Er lebt eingezogen mit seiner Frau und Deiner Elisabeth. Etwas scheint er mit Hoffnung zu bedauern oder zu betrauern, und ein Anderes mit Muthe zu fürchten. So viel, und so wenig haben die feinen Atheniensischen Nasen in den vier Jahren, die er hier ist, ihm abgemerkt. Wenn Du seiner Tochter Augen gibst, so ist Dein Glück gemacht! Gedenke des armen Bathori! Ich rede als Römer!

Du denkst zu weit, wie die Römer! sprach Palmerio. Bathori fuhr fort: Zu weit? Noch nicht weit genug! Sieh doch zum Fenster hinaus; sieh, wo wir leben! In dem weiten Gebiete der Erde ist kein Land, wo es so einfach zugeht, als in der Türkei. Die Schönheit ist die Göttin der Türken, wie einst der Griechen; eine schöne Augenbraue erwirbt hier heute noch einen Beinamen, wie Sonst. Und ein Volk, das die Schönheit schätzt, das Weiber und Kinder liebt, mit Erlaubniß zu sagen, das schätz' ich wieder, denn es hat den Keim aller guten Dinge in sich. Ich rede als Römer! Wo sind die Frauen mehr geachtet, als bei den Türken? Wo sind sie besser? Ich rede als Römer! Wer ehrt den Menschen mehr als Menschen, und bloßen gesunden Menschenverstand, ohne nach hoher Geburt, Vermögen und einer gewissen Gelehrsamkeit zu fragen, die uns nicht eben gerechter, weiser, oder gar wohl glücklicher macht, und das Reich besser verwaltet, als die Türkei? Ich rede als Römer!

Palmerio mußte lachen. – Bathori fuhr fort aus seinem weichen, furchtsamen und scherzenden Gemüth im Zuge der Gedanken zu fragen: Und wo ist noch ein Land für Abenteuer, wie dieses? Wo ein Land für Mord und Brand, Raub und Entführung, Gift und Pest, Todtengräber und Erbschaften, Gold und Ehrenstellen, für Perlen und Juwelen? Wo ein Land für Kraft und Muth, Geduld und Stille, für Herz und Liebe, wie hier? Wer wird ein solches lieblich verworrenes Paradies je wieder schaffen, wenn man einmal sündigt, und es zerstört, das heißt, zu einem ordentlichen Lande macht, wo alles hübsch sauber und mit Ketten gemessen zugeht, wie bei uns in Italien? Ich frage wer? Wer, so lange die Welt steht? Umsonst werden Dichter und Reisende, Türken und Christen danach seufzen, besonders die handelnden Christen, die Juden!

Scherze nicht! sprach Palmerio; mir ist ernst zu Muthe und düster! — "Der Himmel ist hier heiter, die Herzen und die Liebe:

Alles feurig und schnell. Ich scherze nicht, ich will Dir's beweisen;" entgegnete ihm Bathori. "Ich seh's in Geiste: Du wirst Palamedy's Schwiegersohn! Und ob es gleich kein solches Land für Doctor und Apotheker weiter giebt, so ist Dir doch Deine Handapotheke nun unnütz; wir wollen einen Geldkasten daraus machen!" —

Und ehe Palmerio es sich versah, hatte Bathori mit der Mörderkeule, die er in Feuer der Rede gefaßt, mit großem Geklirr alle Gläser der Handapotheke zerschlagen, so daß das Zimmer von Specereien und Rooben ganz durchduftet war. Bathori erschrak selbst darüber, und stand mit geschlossenen Augen, wie ein Kind seine Strafe erwartend, Stumm und still; dann bückt' er sich, und wollte die Scherben auflesen, aber er setzte sich dazu. Palmerio merkte jetzt erst, daß sein Special, um Andere zum Reden zu bringen, ihnen vielen Zeawein zugetrunken, aber dabei selbst zuviel davon abgetrunken, und jetzt durch das Sprechen sich noch mehr berauscht hatte. Er schob ihn unsanft zur Thür hinaus. Aber Bathori küßte ihm die Hände, weinte, wollte sich entschuldigen, ihn um Verzeihung bitten, ihn bedeuten, ihm noch Etwas anvertrauen; doch Palmerio hörte nicht, und hieß ihn unfreundlich zu Bette gehen.

Der Schlag in die Gläser hatte ihm jedoch sonderbar genug, wie ein laut oder vorlaut, ja derb ausgesprochenes Orakel, ein festes Zutrauen in Bathori's letzte Worte gegeben, und seine Wünsche ließen ihn über seinen unbedeutenden Verlust nicht zürnen. Er ging gedankenvoll im Zimmer umher. Es war Nacht geworden; er trat an das offene Fenster; die Sterne glänzten silbern und klar. Seine Blicke schwelgten in der unaussprechlichen Pracht und Schönheit der unbegreiflichen, und doch jedem Auge, so oft und lange es will, holdgegenwärtigen Fülle der Gestirne, „Morgen sollst Du diese Pracht schauen, arme Elisabeth! diese Wonne will ich Dir schenken! ich will Dir diesen Himmel schaffen, schaffe Du mir den meinen!" — So seufzt' er. Singen konnt' er nicht; aber ein Lied rieselte, wie aus einem Quell, leis' aus seinem Innern herauf, und stieg über seine Lippen; und er dachte mehr, als er sprach, die schmachtenden Worte;

O Liebe, Liebe! Wo bist Du her?
Ich frage die Nacht, und die Erd', und das Meer —
Sie schweigen! — und ach, ich weiß es ja nicht allein!
Doch nach der Hoffnung, die Du mich lehrst,
Und nach dem Himmel, den Du gewährst,
Must Du aus den Lande der Hoffnung: vom Himmel Sein!

5. Unsere Augen öffnet der Tod

Der Morgen war schön. Purpur und Gold quoll scheinbar aus dem Hymettus, wie aus einen Vulkan herauf; aber der lohende, sausende Lavastrom floß nicht den Berghang herab - er strömte breit und breiter hinauf, und überwälzte den Himmel; die Wölkchen schienen glühend, schmelzend, als müßten goldene Tropfen davon herabfallen, aber es perlten nur kühle große Tropfen Thaues in das Thal.

Bathori mußte den Palmerio wecken; er war erst gegen Morgen eingeschlafen. Alles war fertig. Noch Eins, sprach Bathori, da Palmerio schon auf den Pferde saß, noch Eins, was Du gestern nicht hören wolltest. Der Capitain von Palamedy's Schiffen ist gestorben, und weit lieber würde er einen Schwiegersohn.

Palmerio hört' ihn nicht aus; er sprengte fort. — Die schlanke, goldene Spitzte des Moschenthurmes dec geliebten Dörfchens Kephissiä stach ruhig, wie eine vom Winde unbewegte Königskerze gelbglimmend sich aus den Blumen erhebt, aus den blühenden Bäumen, in heitrer Morgensonne flimmernd hervor. Er wußte nicht, wie er ihr nahe gekommen, nicht wo er gewesen; und schon hielt er an dem Thore der Gartenmauer. Er nahm sich zusammen, und suchte Zweifel und Zutrauen, Liebe und Gelassenheit bei sich ins Gleichgewicht zu bringen. Elisabeth betete noch, hingekniet vor ihren Heiligen, dem Weihrauch duftete, und die Lampe brannte. Er konnte sie in Nebenzimmer sehen. Wie sollte der Himmel seine Engel nicht erhören! sprach er zur Mutter. Mir ist zu bange, erwiederte diese; ich gehe hinaus. Endlich kam Elisabeth, in das wohlbekannte Zimmer still sich herfühlend. Obschon Palmerio alle Handreichung verweigerte, blieb doch der Vater so lange gegenwärtig, bis der Stich in die Augen geschehen sollte, dann schlich auch er sich leise hinweg. Palmerio war nun allein mit ihr; ihre Wange ruhte fest in seiner Hand, und, wie die Sicherheit der Lage verlangte, hielt sie ihn geduldig und zutrauensvoll mit sanften Armen umfaßt. Er fing an zu zittern; er ließ sie allein, ging in den Garten auf und ab, sein Blut zu beruhigen, stand zuweilen, und hielt den Arm in die Höhe, wie ein Jäger, der einen sichern Schuß thun will. Jetzt kam er wieder in das Zimmer, wo das geduldige Mädchen noch wie er sie verlassen, nur mit gefalteten Händen saß. Er verdunkelte das Zimmer, und ließ nur durch die Jalousieen einen Lichtstrahl auf ihr Gesicht fallen. Er nahm eine feste Stellung; er bat sie flehentlich, nur einem Augenblick ganz ruhig zu seyn. Ich bin ja ruhig; sagte sie leise. — Ein Stich, ein Ach! — Gelungen! sprach er bei sich, als er nachgesehn. Er verband ihr das Auge; er wollte, er mußte ihr auch noch das andere geben; und eben so sicher gelang ihm auch das. Jetzt öffnete er die Fenster, machte Tag, nahm ihr die Binde ab, und fragte sie zärtlich, was sie sehe? — Dich! rief sie erschrocken, ja bestürzt, noch blässer als zuvor. Sie schwankte, sie sank; er legte sie ruhig auf den Divan, band das Tuch wieder vor ihre Augen, und rief den Aeltern. Sieht sie? fragten Beide frohbeklommen. Sie sieht! sprach er; gönnet ihr Ruhe! Nichts weiter." Er eilte in den Garten. Elisabeth lag dem Anscheine nach ruhig. Aber was sie euch Schöne's, Reizendes von der Welt, Traumgestalten gleich, in Innern sich vorgebildet; mit welcher Gluth sie auch, heranwachsend und zur Jungfrau erblühend, sich nach dem gesehnt hatte, was ihr verborgen-unbekannt, und doch mit ihrem innersten Wesen so süß und tief vertraut, in ihrem Herzen wie in einen dunkeln Krystalle heimlich angeschossen war, das hatte der Anblick des schönen Palmerio's ihr gezeigt, erfüllt, übertroffen! Und wie sollt' er nicht? Was von der Erde tausend und tausenderlei Gebilden konnte sie Göttlicheres zuerst erblicken, als einen Menschen! einen Mann, in aller seiner Schönheit! leuchtend von Liebe, und von Liebe zu ihr! — Die Mutter fiel ihr weinend um den Hals; der Vater wünschte ihr Glück; und in seinen lauten, und in ihren stillen Sinne nahm sie den Wunsch zagend und freundlich an, und reichte, auf Beyde hoffend, jedem eine Hand. Auch das Hausgesinde, weiß und schwarz von Farbe, kam ungerufen, und wollte gesehen seyn; aber noch war es verboten, und weil sie nicht sehen durfte, sprachen Alle leise, als wenn ihr auch zu h ö r e n schade.

Palmerio blieb nun längere Zeit in Palamedy's Hause; aus Pflicht, aus Neigung, und auf Aller Bitten. Er beobachtete täglich Elisabeths Augen, und die Herstellung derselben ging allmälig, aber sicher von Statten. Während dieser Tage und Abende wurden sie mit einander bekannt;

Palamedy erkundigte sich nach Palmerio's Vaterstadt, seinem und seiner Aeltern Schicksal. Mit Vergnügen schien er von Palmerio zu vernehmen, daß er in der Schiffahrt und der Abendländer kundig sey. Wenn er denkend und genau davon erzählte, sah Palamedy ihn manchmal lange wie befemdet an, und schien Gedanken seiner Seele mit des jungen Mannes Gestalt und Gegenwart innerlich vertraut zu machen und zu vereinigen; er selbst sprach wenig; über sich und die Seinigen gar nicht. Noch freundlich gewogener sprach die Mutter mit ihm, und fragte einst, nachdem sie lange still auf den Vater hingesehn, auf einmal: welcher Kirche er zugethan sey. – „Zugethan? wiederholte Palnerio. Erzogen bin ich in der Römischen." Diese Antwort nahm sie schweigend auf. Palamedy drohte seinem Weibe mit dem Finger.

6. Sonnenaufgang. Die Kapelle auf dem Anchesmus

Jetzt schien es Palmerio Zeit, seine schöne stille Elisabeth an das Licht und die Kunst des Sehens, und somit an das Leben der anderen Menschen zu gewöhnen. Mit Entzücken bemerkt' er an ihr zwei große schwarze Augen, funkelnd, ja blitzend, wie große schwarze Korallen. Ihre Mutter und ihren Vater ließ er sie zuerst sehen. — Du bist meine Mutter? fragte sie, immer wieder sie bewundernd und ihr um den Hals fallend. Du bist mein Vater? Du! Dieser gütige Mann ist der, den ich so kränkte? Ach, ich kannte Dich ja nicht recht, nicht so! — Sie wollte weinen; der Vater beruhigte sie; und es kostete ihr Mühe, alle ihre Erinnerungen, ihre genossene Liebe, ihre Worte an diese schönen, neuen Gebilde der nun offen vor ihr liegenden Welt zu knüpfen. Immer mußten die Aeltern reden, und ihr Alles wiedererzählen, ihr wieder thun, was sie der Blinden sonst gethan. Sie schloß die Augen, und schlug sie dann plötzlich wieder auf, um ihre Phantasiegebilde als fortschwebende Morgenträuume zu ertappen, oder lieber nun zu vertreiben; und sie bestand lange einen zarten innern Kampf. Ihre Perlen und Edelsteine, ihre Kleider und Blumen, ja sich selbst, alles besahe, bestaunte sie nun, indem sie es zugleich befühlte, — selbst ihr Haar; sie nahm alles in einen neuen, deutlichen Besitz. — Und nicht ihren Palmerio? —

An einen Vollmondabend führte er Sie zuerst in den Garten. Dann früh bis zu Sonnenaufgang; dann nach Sonnenuntergang, bis die Gestirne herauf zogen. Nach fernen Cypressen griff sie, wie nach naher Myrthe; nahe, hochschwebende Zweige mit blühenden Rosen, erschienen ihr bis über die Gestirne gezogen, als sey der Himmel nur eine Rosenlaube, und die Rosen viele duftende sanfte Monde. Vor der Biene, die vor ihrem Auge summte, oder auf ihrer Hand ausruhen wollte, erschrak sie wie vor einem Adler; wehte der Wind ein Blüthenblatt hin, so rief sie: wie schnell die Wolke schifft! und die weißen Wolkenstreifen wollte sie wegziehen wie Schleier. Sie war in einer Feenwelt.

Diese Lehrstunden der Fernen und Nähen gewährten Palmerio fast kindische Freude, die heiterste Belohnung. Jetzt sollte sie auch die Mutter des Lichts, die Sonne sehn, und man wählte dazu den felsigen Gipfel des Anchesmus, die natürliche Pyramide von Attika. Den nächsten Sonntag in heiliger Frühe trugen die Maulthiere sie, ihren Vater, Palmerio und zwei Diener mit Erfrischungen zu dem Berge, so hoch hinauf, als die Thiere sicher gehen konnten. Dort blieben die Diener mit den Maulthieren; Palamedy folgte langsam, denn Elisabeth und Palmerio eilten mit klopfendem Herzen auf den Gipfel. Die Morgenröthe blühte wie ein unermeßliches Krokusfeld; das Meer erröthete, und die Küsten und die Berge. Jetzt verlosch der Himmel, als wollt' es, statt Morgen, Abend werden - doch, ein Blitz! und die Sonne zuckte empor, und schien zu rücken, und ward halb, und ward ganz, und nun schwebte sie frei, mildleuchtend und anschaubar; und mit Flügeln des Morgenwindes schwebten unsichtbare Geister herzu, und baueten ihr mit Blitzesachnelle eine glänzende Silberbrücke über das Meer bis an das Ufer, als sollten die Menschen darauf in die Sonne wandeln, oder die Sonne daher zu ihnen; aber sie schwang sich lächelnd in ihren Himmel hinauf, ihn rosig erleuchtend, und die Warten der Berge wurden hell, und hell alle Buchten und Felsen, als fingen sie an zu glimmen.

Auch Palmerio's Gesicht leuchtete; Elisabeth schaute ihn an; sie ließ seine Hand gehen, die sie bisher gehalten, aber nur um ihn an das Herz zu sinken. Da hielt er sie umarmt. Kein Laut, kein Schwur - sie war sein, und wie ein Herrscher fühlt' er sich über die heilige Welt. Dann erhob sie ihr Gesicht zu ihn, er senkte seines; und wie die frühe Biene schon die Granathblüthe kostet, aber mit bethauetem Flügel davon schwebt, so berührt' er ihre Lippen, so -schwebte sie von seinen zurück. Dann standen beide gesondert von einander.

Da wendete sich der Vater um das letzte Felsenriff; Elisabeth lief ihm entgegen, zog ihn herauf, und küßte und drückte ihn unbeschreiblich. Der feine Mann kannte zu wohl der Liebe Art, als daß er die Gluth der Küsse, die Gewalt der Umarmungen sich hatte annehmen sollen; er errieth, und lächelte, um die Kinder nicht zu beschämen, eine Zeit lang nach den Hafen hinab. Dort liegen meine Schiffe; sprach er. Deine? fragte die Tochter. — Ja, mein Kind; und einst auch Deine. — O Vater, dieß Einst ist schrecklich! Ich bitte Dich! ich bin so froh! — Gutes

Kind, sagte er, sie an sich ziehend, wir halten die Welt nicht auf! Versüße mir die Tage, da Du mich noch hast. Ich habe für Dich gesorgt.

Dieses „ich habe für Dich gesorgt" nicht ohne Bedeutung gesprochen, durchbebte Palmerio, aber zerschneidend, trennend, wehmüthig — die entgegengesetzte Wirkung, die der Vater gewünscht. Entsagend und kalt fragte er: wo ziehen die Schiffe hin? –„Morgen nach der Stadt." — Du meinst Constantinopel; fuhr Palnerio fort. Erlaubst Du, daß sie mich mit nehmen? – „Gern! — aber willst Du fort?" — Ja, auf immer! sprach Palnerio leiser; ich bin, ach schon zu lange hier gewesen. Elisabeth erblaßte. Palamedy faßte seine Hand, und fragte ernst, doch freundlich: „warum willst Du gehen?" — Er schwieg. – „Weil Du nicht bleiben zu können wähnst? Weil Nichts Dich halt?" Palmerio schloß seine Augen, um die aufquellenden Thränen zu unterdrücken. Elisabeth ging in die offene Kapelle. – „Meine Tochter weint, sprach Palamedy; auch Du! Ich kenne Dich und sie; ich habe Euch beobachtet; auch die Mutter! Auch Schweigen der Liebenden redet dem Erfahrnen deutlich. Ich bin offen, und liebe nicht viele Worte: liebe sie, wie sie Dich, so seyd ihr Beide glücklich, und wir durch Euch. Bist Du mein?" fragte er, indem er ihn die Hand darreichte. Deiner Tochter! und mit ihr Dein! antwortete Palmerio, und drückte fest des Vaters Hand. – „Sie ist mein einziges Kind! Halte sie wohl! Sonst" — zittere Franke! wollte er hinzusetzen, und in seinem Gesicht blitzte ein fürchterlicher Geist. Aber er faßte sich, und schien bewegt. Meine Maria hab' ich verloren! Maria blüht nur noch in Blumen! sprach er, und ging schweigend und langsam den Berg hinunter.

7. Die Ringe und das Sieb

Die Mutter, von Palamedy, der eher nach Hause gekommen war, unterrichtet, umarmte die Kinder, als auch sie still hereintraten. Nun regte sich Alles im Hause. Sie ward nicht müde zu bereiten, zu schicken, zu besorgen. Sie zeigte Palmerio was jetzt, was künftig alles sein werde. Der Abgang der Schiffe wurde aufgeschoben, und der Vater weihte ihn in seine Geschäfte ein. Elisabeth war müßig, wenn Träumen und Lieben so heißen darf. Solche müßige Stunden muß der Himmel dem Menschen einmal gönnen, wenn er ihm das Leben zur Ewigkeit machen will.

An dem Hochzeitmorgen brachte die Mutter erst eine wichtige Sache zur Sprache, die alle vergessen hatten, und auch sie vergessen zu haben scheinen wollte; nämlich Palmerio's Taufe zu einem Griechen, zu einem Diener Gottes, wie die griechische Kirche sich ausdrückt. Palamedy lud ihn bloß dazu ein; Elisabeth bat ihren Geliebten inständigst darum; die Mutter bestand darauf.

Die treuherzige Beredtsankeit der Mutter hatte nicht über Palmerio vermocht, was Elisabeths flehendes Auge; und vielleicht dieses auch nichts, wenn die Ueberschwemmung von Rom, von ganz Italien durch die Neufranken, wie in Allen, so auch in ihm nicht so vieles Alte weggerissen, so vieles Neue vorbereitet hätte. Palmerio verläugnete den römischen Glauben nicht, er gab ihn wirklich auf. So ward er getauft, und empfing seinen Namen Giovanni wieder in dem Namen Johannes. In derselben Stunde ward er mit Elisabeth verbunden, wobei alles in hergebrachter Ordnung ging; nur hatte ihn der Priester, bei der gewöhnlichen, oft zu wiederholenden Verwechslung der Trauringe, zuletzt beide an seiner Hand stecken lassen; und Elisabeth, flüchtig in das Haus schlüpfend, hatte mit zartem Fuße das auf die Schwelle hingestellte Sieb *[Die griechische Braut muß, zum Zeichen ihrer Unschuld, ein mit Leder bespanntes Sieb eintreten. Anm. d. Red. (So das Taschenbuch zum geselligen Vergnügen auf das Jahr 1823. Das scheint uns - B.C./L.C. - nur die halbe Wahrheit; es ist auch ein Zeichen der Entschlossenheit, die Unschuld zu verlieren; vgl. Palmerio's Auftaktzeilen dann.]* nicht durchgetreten; es war noch ganz. Desto kräftiger zertrat es Bathori, hinter seinen glücklichen Palmerio glücklich in das Haus jubelnd, in fröhlichen Uebermuthe für sie. Die Frauen sahen sich darüber bedenklich an.

8. Die blassen Wangen und das rothe Mützchen

> Was ist schön, wie blasse Wangen?
> Blaß vor Wonne, vor Verlangen!

sang Palmerio einige Tage später, seine schöne, zärtliche Elisabeth sanft mit zwei Fingern in die Wange kneifend. Sie schlug die Augen nieder, und erröthete holdselig. Da sang er die letzten zwei Verse:

> Schöner sind die rothen Wangen!
> Roth vor Schämen, vor Befangen! -

Und wer hatte nicht wenigstens die ersten Tage, um bescheiden zu seyn, mit ihm theilen wollen? Aber sie lassen sich nicht theilen, selbst unter dem glücklichsten Paare nicht! Sie sind nur dadurch Seligkeit, daß sie Beide gleich genießen, sich gönnen und gewähren. Die Seligkeit eines Einzelnen, Einsamen, ist keine. Darum hat Gott die Welt geschaffen! würde Bathori sagen. —

Um außenstehende unsichere Gelder einzutreiben, und gewisse Verbindungen anzuknüpfen, andere fortzusetzen und fester zu ziehen, welche die Umstande nöthig machten, oder doch dem Vater nöthig zu machen schienen, mußte Palmerio nach einigen Wochen sich aus den Armen seiner süßen Elisabeth reißen, und seine erste Reise mit den Schiffen antreten. Er fragte Bathori, ob er ihn ferner auf seinen Wasserfahrten begleiten wolle.

Bathori machte eine stolze Miene mit seinen alten römischen Maskengesicht. Habe ich nichts vom alten würdigen Cato? fragte er.

Wie kann ich das wissen! erwiederte Palmerio.

Bathori versicherte ihm: ich aber weiß, daß ich Eins gewiß von ihm habe, nämlich seinen Muth, niemals zu Wasser zu reisen, wo ich jemals zu Lande hinkommen kann! Und auf dem Meere sind keine Osterien! singt Harlekin in Sicilien; ich hab’ ihn gehört, wahrhaftig!

Nun so ziehe in Frieden! sprach Palmerio, Deinem Handwerke nach! Ich schenke Dir meine Doctorsachen; nur Weniges hab’ ich für unser Haus davon genommen.

“Tausend Dank! für die Werkzeuge mich und andre zu plagen,” bedankte sich Bathori, und nahm auch das rothe Käppchen von seiner Platte, das er landesüblich zu tragen pflegte. Er hielt es mit zwei Fingern an der schwarzseidenen Bammel, und besah es fast wehmüthig. Mein Vater, Gott verzeih’ ihm den Titel! fuhr er fort, stolzirte mit seinem rothen Hute gravitatisch durch Rom. — Ich muß mit dem rothen Mützchen erbärmlich durch die Welt laufen, mit dem leeren rothen Mützchen, daran nichts hängt als die Bammel. Ich red’ als Römer! —

Das sollst Du nicht, mein alter Bathori. Ich bin Dir noch die Gebühren für Deine Prophezeihung schuldig! sprach Palmerio, und füllte ihm das Mützchen gehäuft voll von seinem ersparten Gelde; lauter blanke Colonnaten, und oben drückte er, wie ein Siegel, noch ein großes Goldstück darauf.

Wer auch so geben könnte! seufzte Bathori. Geben ist seliger denn Nehmen; versetzte Palmerio.

Bathori packte das Geld ein, setzte sein rothes Mützchen wieder auf, und sagte: Sehr richtig! Das Wort soll Deinetwegen dreimal wahr seyn. Aber siehe nur auch mich an! und lies in meinem Gesicht, daß der Satz gar nicht ausschließt, daß Nehmen nicht doch auch — wenigstens selig sey! Ich rede als Römer.

Mag Dir’s selig seyn und wohlthun in Deinen alten Tagen, lieber Special! Lebe wohl, und gedenke — wenigstens — meines Namens, sprach Palmerio, und drückte dem redlichen Freunde die welke Hand zum Abschiede.

Wo ich eine Palme sehe! oder nur eine Dattel esse, will ich sein und Dein gedenken, Palmerio! versicherte scheidend Bathori.

Er wollte sich durch die Städte und Dörfer an den Küsten fort bis nach Smyrna curiren. Palmerio segelte nach der Stadt.

9. Die Inseln. Macht des Beispiels

Palmerio kehrte zurück; er schiffte wieder nach andern Häfen, und berührte beinahe während eines Jahres nur selten und auf einige Tage seine neue Heimath Athen. Tausend Gedanken macht sich ein liebendes Herz in der Abwesenheit des Geliebten; es versenkt sich in bittersüße Träume von Gefahren, Untreue und Tod, um desto schöner sich selbst zu erwecken. Aber auch der Traum ist Leben, und läßt wie alles Leben, alle innere und äußere Thätigkeit eine Wirkung im Gemüthe zurück. Und wenn Elisabeth nach ihrem eignen Herzen schloß, wie gern, wie frei und schnell sie sich dem schönen Manne ergeben, so zitterte sie, daß ihn andere Mädchen oder Frauen erblickten! Aber sie bedachte nicht so ganz, wie die Welt voll Liebe ist; daß jedes Auge überall schon feine Fäden an andere angesponnen, jedes Herz schon sanft verwickelt ist; und, selbst goldentreu mit jedem Gedanken, jedem Blutstropfen, bedachte sie nicht einmal, wie unmöglich doch irgend ein Anderer nur ein Haar von ihr gewinnen würde: Denn sie liebte! Und liebte Palmerio nicht auch sie? Und die Liebe ist das einzige, aber allein auch sichere Mittel gegen Untreue. Denn das Herz des Liebenden ist von dem Wesen des Geliebten wie vom Mond erleuchtet und erfüllt, die Wellen des Blutes von ihm streng zusammen gehalten. Und wie der Liebende, die Geliebte schauend, oder nur denkend, kaum Speise zu sich nehmen kann, als sey ihm die Brust zugeschnürt: also findet er auch keine andern Reize so lockend, um sie zu genießen; er verschmäht sie; sie widerstehen ihm sogar. Das ist die Eigenheit, das Kennzeichen der Liebe, und der Grund der Treue. Nur wenn das innere, vollkommene Bild des geliebten Wesens abnimmt, wie der Vollmond, dann ist kein Halten der Wellen mehr, dann stürzen sie nach den Ufern, tosend um alle Buchten, sich selber durch ihre Gewalt zerschellend. —

Kam Palmerio fröhlich zurück, dann wähnte Elisabeth, es sey ihm besonders wohl gegangen, und schlug ihre Augen nieder; kam er verdrossen wieder, dann argwöhnte sie, er habe Etwas ungern verlassen, und forschte in seinen Augen. Wie sollte er wieder kommen? Am besten freilich, er reiste nicht mehr; doch das konnte nicht seyn. Indeß beging Palmerio die Unvorsichtigkeit, Vieles von den Inseln, von den Mädchen und den schönen Mädchen, die er mit Verwunderung und Bewunderung fast überall gesehen, zu erzählen, was Alles nur ihm neu war, aber von ihr, die das Alles kannte, ihm nachtheilig ausgelegt wurde. Nicht weniger pries er die gute Aufnahme, deren er in allen Häusern, wo er hingekommen, sich erfreut hatte; er zeigte von freundlichen Geberinnen, deren er sich gern erinnerte, allerhand kleine Geschenke vor; feine geschnitzte, Münzenähnliche Heiligenbilder in Holz, deren unvergleichliche Arbeit er lobte, oder andere holde Kleinigkeiten, die jene selbst mit geschickten Händen gefertigt hatten, und welche er nur mit brachte, sie seiner Elisabeth zu schenken, die sie aber scheel ansah, sie oft in den Fingern, wie spielend zerbrach, oder sonst verdarb, was ihn billig verdrießen mußte.

Ohne untreu zu seyn, hätte er damit zurück halten können, wenn er weniger offen und eitel gewesen wäre, und das Gemüth der Frauen besser gekannt hätte, deren Jede ihre Schwächen, oder doch Eine, hat, die, gleich einem Feinde, geschont, bewacht und gegängelt seyn will. Palmerio's Freimüthigkeit, der nicht einsah, nicht ahnete, warum er nicht erzählen, nicht zeigen solle, wobei er nichts empfunden, noch Besonderes gedacht, hätte Elisabeth gerade beruhigen mögen, statt daß sie eine unbestimmte Eifersucht empfand, ja durchblicken ließ, um ihn zu warnen, zu mahnen, sich seiner fester zu versichern. — Eifersucht nähren, im Geheimen wachen, vorbauen - aber unmerklich! geht noch hin, und hilft vielleicht; aber sie z e i g e n , thut die entgegengesetzte Wirkung; denn sie verräth Mißtrauen, sie reißt einen Spalt auf, wo der Boden felsen schien; sie stößt dem Beargwöhnten den Gedanken ein, es sey doch möglich, daß er wanken könne. An diesen Gedanken, dieses Fädchen hängen sich, wie an den Fuß eines Vogels, alle fliegenden Gespinste, wo er hinkommt, verwirren ihn zuletzt, und wer will oder darf, erhascht ihn leicht.

Palmerio war Anfangs dadurch betrübt, darauf düster, dann zurückhaltend, zurückweisend, ja abstoßend. Jede Stufe dieser Veränderung, die mit ihm vorging, war gleichsam das Feld eines Stammbaums, welches auf Elisabeths Seite wieder neue Wurzeln schlug, neue Kinder der Eris hervorbrachte. Aber die' Ruhe und Sicherheit der Mutter, so wie die Gewalt des Vaters, der über dem Hause schwebte, wie ein fürchterlicher Adler, machte, daß diese ausgebrüteten kleinen Basilisken sich still und furchtsam an die Erde duckten, wie die kleinen Goldfasanen, die unter der Mutter Flügel sich verbargen, wenn in dem Hofe nur der Schatten eines Falken schwebte.

Indeß wußte Palmerio selbst nicht, wie auflösend, wie nachtheihg die mit eigenen Augen gescheute, in die Seele aufgenommene Vermischung, ja Verwirrung der armenischen, griechischen, jüdischen und muhamedanischen Religion, und die Gebräuche, Sitten und Gewohnheiten der wunderlich durch einander geworfenen Völker auf ihn gewirkt hatten. Er sah Gesetze und menschliche Verbindungen von der Natur an Diesen gesegnet, die Andere verdammten; er sah himmlische Kinder, Halbgeschwister von zwei, drei und vier Frauen; er sah in diesen Einrichtungen fröhlich alt gewordene Männer und Weiber; Gartenähnliche Kirchhöfe, die viele Menschengeschlechter bedeckten, welche alle ruhig und glücklich danach gelebt, selig danach gestorben waren, und die Blumen blühten um ihre Gräber, die Sonne überleuchtete sie gleich mütterlich, wie die Ruhestätte der frommen Einsiedler auf dem heiligen Berge. Obwohl nun Palmerio in die, kein Gesetz haltende Lebensart der andern Schiffscapitäne nicht gefallen war; so hatte ihn doch die vertrauliche Mittheilung eines seekundigen Mannes von kaum mittlerem Alter, — eines gewissen Meneda, zu dessen Umgang ihn eine besondere Neigung zog, — einen zwar schönen, aber falschen und brennenden Medes-Schleier über sein reines Herz geworfen. Er war mit ihm zugleich in Kephalonien gewesen, hatte dort sein Haus, sein Weib und seine Kinder gesehen. Sie waren zusammen nach Mikony gefahren — in welcher Insel die Mädchen und Weiber, mit wenigen Ausnahmen, wirklich sind, was sie in Chio nur scheinen: höchst leichtgesinnt in der Liebe; — dort führte ihn sein Freund, die Gärten hinauf, wieder in ein Haus, wo ihm zwei Knaben entgegen sprangen; Vater! Vater! — Mutter, der Vater ist da! — Und ein Weib, ein Engel trat heraus, die den Freund umarmte, an ihr Herz drückte, küßte, fragte: wo bist so lange gewesen? Du Lieber! Du Einziger! — Palmerio sahe den Mann an, die Kinder; er sahe das Weib an, das so hold, so lieb, so unschuldig war, unwidersprechlich es war, daß er über diesem sichtbaren Paradies in des Freundes Brust zu lesen vergaß, und wenn er drin: „Betrug!“ lesen wollte, der Neid ihm das schwarze Wort weglöschte, und ihm täuschend mit Gold hinein schrieb: „beglückt!“

Menede hatte ihn schon vorher um Verschwiegenheit gebeten; Palmerio hatte die Hand darauf gegeben. Als jener nun die Kinder mit den ihnen mitgebrachten Gaben beschenkt, und Allen versprochen hatte, zur Nacht wieder dazuseyn, und sie darauf wieder zum Hafen hinab gingen, sah Palmerio, erst in einiger Entfernung von dem Garten seinen ihm früher werth erschienen Freund an, und aus Schonung, oder heimlichem Neid, drohte er ihm nur: „Schelm!“ — Du wunderst Dich? entgegnete Meneda. Ich bin jeder von meinen Frauen Mann, angetrauter Mann; denn anders sind die guten Wesen nicht leicht zu erwerben, und anders möchte ich sie auch nicht! Denn ich meine es ehrlich, und lebe brav. Ich bin allen meinen Kindern Vater und Versorger. Mein Leben ist auf den Gewässern, hier und da; so habe ich überall eine Heimath, Frau und Kinder! — „Wenn sie aber je zusammen kämen, oder es ihnen verrathen würde?“ warf Palmerio ein. — Das wird nicht geschehen; entgegnete Jener. — „Ein Geheimniß, das bestimmt ist, immer geheim gehalten zu werden, ist nie etwas Gutes;“ murmelte Palmerio. — Kein Papas hat mir in seinen Büchern über meine Verhältniße eine verbietende Stelle zeigen können; bedeutete ihn Menede zuversichtlich: und haben die Söhne des weiber-seligen Salomo hier zu Lande, wo es die Türken ihnen nicht verbieten, nicht auch noch, wie einst in und um Jerusalem, Zwei, Drei Weiber? Und wie viele Griechen! Doch bekräftige mir nur das Einzige: ist nicht der Umgang mit der Frau eines Andern mehr Sünde, als die doppelte und dreifache Ehe. Ich — ich halte Zwei. Wenn wir nach Chio kommen, will ich Dir meine dritte Braut zeigen! — Fastnacht halt’ ich dort.

10. Die Mädchen in Chio

Mit solchem ununterschiedenen Wissen im Herzen war Palmerio zu seiner Frau nach Athen zurückgekehrt; mit einer nicht zu unterdrückenden Unzufriedenheit ging er jetzt von ihr weg. Er hatte Chio, das Paradies der Türken und Griechen, noch nicht gesehen, sein Beruf führte ihn jetzt daran vorbei, denn er schiffte nach Smyrna; und Fastnacht nahte! Palamedy, der alle Ursache hatte, mit ihm zufrieden zu seyn, zeigte ihm die Rechnung, und zahlte ihm den halben Gewinn des Jahres in neuen blinkenden Zechinen aus. Er wußte nicht warum, aber er nahm die Röllchen mit. —

In zwei Tagen war er in Chio. Sonnabend gegen Sonnenuntergang kam er an; Sonntag Vormittags nach zehn Uhr ging er in seiner reichsten griechischen Tracht, die ihn überaus schön kleidete, auf den Epanoiallo, den reinlichen Platz vor der niedrigen, aber großen türkischen Vestung, wo fast alle junge und schöne Chiotische Jungfrauen, auf das Eigenthümlichste geputzt, Hand in Hand, heiter und seelenvergnügt bis gegen Mittagszeit lustwandeln.

Er setzte sich an den türkischen viereckigen Brunnen, in den Schatten seines farbigen Ueberdachs, voll Hoffnung seinen Freund Meneda zu sehen, dessen Schiff er im Hafen bemerkt hatte, und ließ den lebendigen Zug an sich vorüber schweben. Aber, O Himmel, wie ward' ihm? Wie von Engelsflügeln fühlt' er sich getragen! So groß, so stolz, so edel war ihm nie zu Muthe gewesen; er hatte keine Ahnung von einem solchen erhobenen Gefühle gehabt. Der Strom schöner Mädchen legte seinem Daseyn eine so leuchtende Folie unter, er trug sein Leben so himmlisch hoch empor, er schwellte sein Herz mit überschwenglicher Gnüge der Götter an, füllt' es mit aller Größe und Schönheit aus, und hielt es also schwebend auf dem seligen Gipfel der Welt, daß er eines Mannes, ja eines Menschen Wesen kaum mehr begriff. Einige schienen ihm so schön zu seyn, daß er vor Erstaunen gar nicht faßte, wie selbst der kindliche Vater der Blumen durch die gemeinen, vor ihm zerstreut ruhenden, oder tosenden Elemente dergleichen Wundergebilde haben hervorbringen mögen. Es schien ihm über allen Glauben, alle Liebe, alles Wünschen. Er hielt sich eine Warnungsrede. Jeder thut Unrecht, sprach er zu sich selbst, indem er jedoch kein Auge verwandte, jeder, der durch eine noch so süße, aber bedingende Leidenschaft sein Herz und seine Augen verhindert, hier die Natur in ihren lieblichsten Erscheinungen und Wirkungen tief und fromm zu empfinden. Himmel, Sonne, Meer, Regenbogen, Berg und Thal, Bäume und Blumen, Alles ist hier schön, wie die Menschen. Asien scheint die Insel Chio als eine Probe auszulegen, welche Kostbarkeiten es in seinen reichen Gefilden bewahre. Nachdem ich so viele Lande gesehen, muß ich hier wieder zum Kinde werden! Und was von besonderer Leidenschaft sich etwa noch in meinem Herzen regte, das verklingt vor der Göttlichkeit der Natur; sie gießt einen Strom reiner Schönheit über mich aus, und ich empfinde überselig die vielen Schönen, wie einst die Eine, die Erste! und jede weckt mir die Erinnerung all' meines frühern Liebens und Verehrens. Hier sich verlieben, rechn' ich zu dem größten Unglück, was einem Menschen, der zur Natur strebt, begegnen kann; aber Alle, wie einen Himmel Sterne, unbegehrt, aber liebevoll am Auge lassen vorüber ziehn, das viele Schöne zu einem Bilde des Weibes verschmelzen, wie der heilige Vater der Welt ihr Urbild in seiner Seele getragen, vor der Welt, und noch gestern trug, noch heute trägt, das ist eine Seligkeit, die zu empfinden, den Menschen zu Gott erhebt. Wie viel ist doch Ein Mensch! und wie Viel sind der Menschen! Ists die Erde, aus der so viel Wonne, wie Duft im die Blumenhäupter steigt, oder ist es der Aether, der sich wie Thau über alle senkt? - Ich erstaune! Prüfe, wer es will; begreif' es, wer es kann! Ich will selig seyn in dem, was ist, was ich schaue, was ich fühle! —

Er nahm eine von den reinlichen metallnen Schaalen, die an einer dünnen Kette an dem Brunnen hängen, drehte den Hahn, füllte sie und trank, sein wogendes Blut zu kühlen.

Eins aber hatte er noch nicht empfunden: die Rede der Mädchen, ihr kindliches, offenes, herziges Wesen; das Leuchten und Versengen ihrer Gefühle; ihren zarten Schönheitssinn und Drang. Denn wer schön ist, der komme hierher! kein Quell, kein Spiegelsaal kann es ihm so himmlisch sagen, als die Augenflur der Mädchen, ihre heitergeständige Lippe.

Er war den Mädchen aufgefallen, und mehrere blieben vor ihm stehn, sahen ihn, und sahen sich unter einander an. Eine lispelte ihm dann zu: Weißt Du, Du bist schön! — Eine andere: meine Freundin würde sich viel Mühe um Dich geben! Noch eine nahm ihm eine Nelke aus der Hand, und sagte: Nicht wahr, Du machst mich zu Deiner Liebsten? - Eine Bescheidenere sang, um es ihm nicht zu sagen: Wie wollt' ich Dich lieben, Dich an mein Herz drücken, wenn ich Dein Weib wäre! — Indeß kam eine alte Frau nach Wasser, rührte ihn freundlich an die Schulter, und forderte ihn auf: Nicht wahr, Du nimmst uns ein Mädchen weg? Andere traten hinzu und fragten ihn: welche ist wohl die Schönste von uns? — Er getraute sich nicht zu antworten. Eine sang: Wenn ich Dir gefalle, so lach' ich!

Palmerio wußte nicht mehr, ob er träume oder wache, in eine bezauberte Insel, oder in die Vorwelt, nach Cythere versetzt sey? — Freue Dich in Chio! rief ihn erweckend eine männliche Stimme zu. Er erkannte seinen Freund Menede, den Schiffscapitän. Dieser bot ihm die Hand, und ohne eben weiter auf die Mädchen zu achten, führte er ihn fort. Komm! sagte er; das sind Feldtauben! Wiesenblumen! Ich will mein Versprechen halten! Meine Angery sollst Du sehen! Komm, komm!

Nun ist es gefährlich, eine schöne Geliebte zu zeigen, um sie sehen zu lassen, und sey sie auch keine schöne Chiotin; gefährlich sein Weib zu zeigen, und sey sie eine Lukrezis; einem Jünglinge zu zeigen, und sey er auch kein schöner Palmerio, welcher jetzt in Mädchenreizen gleichsam gebadet und erwärmt, in allen Adern glühte.

Meneda führte ihn bei der Scala vorbei, immer am Hafen hinunter, rechts in die Gasse, Lambrinusina, bog links um eine Ecke, und führte ihn nun gerade in ein kleines Haus, welches queer vor stand, und den Ausgang verschloß. Er eilte voran, die Treppe hinauf. Palmerio fand sich nicht so schnell; das Haus war dunkel. Da trat, mit einer Lampe in der Hand, eine weiße weibliche Gestalt, mit schwarzem aufgelösten Haar, welches um das blasse Gesicht in vollen Locken hing, plötzlich aus einem finstern Gange hervor. Palmerio glaubte eine Erscheinung zu haben, er sah seine Elisabeth. — Wo kommst Du her? fragte er bestürzt, im Wahn, sie sey ihm erschienen, ihn zu warnen. — Wein bring' ich! sprach sie verwundert stillstehend. Es war auch Elisaheths Stimme. Er wollte sie anfassen; sie trat zurück; sie sah ihn an, sie beleuchtete ihn; sein Anblick mußte wunderbar seyn! Sie schlug die Augen nieder. Er erkannte seinen Irrthum.

Meneda rief von oben: Amery! - Gleich! antwortete sie, eilte hinauf, und ließ die Lampe oben an der Treppe vor einem Heiligenbilde stehn. Palmerio wollte fort gehn; er hatte sie ja gesehn! Sie war ja schon eines Andern! Aber Meneda rief: Palmerio! Wo bleibst Du denn? - So ging er hinauf. Meneda nannte seinen Namen: mein Freund Palmerio aus Athen; ein junger Crösus! Er will hier ein Weib nehmen, und sich hier niederlassen, setzte er schalkhaft hinzu. Und zu Palmerio sprach er, auf einen hinkenden Mann weisend: das ist mein guter Wirth, mein Landsmann aus Kephalonia, Karalambi, und sein Weib, meine Basiliky; indem er auf ein junges sanftes Weib zeigte; und wer diese ist, weiß ich noch nicht recht; sprach er, die schöne Angery bei der Hand fassend, die sie ihm entzog. Palmerio bot ihr eine kleine, wilde Rose mit drei Knospen an; sie schlug sie aus; er legte sie ihr hin.! „Nimm sie doch, liebe Thörin, Du hast ja so keine Blumen, und ich habe keine mitgebracht;" sprach Meneda, und steckte die Rosenknospen wohlgefällig und langsam damit zu Stande kommend, an ihre Brust. Palmerio sehe fest wehmuthig zu, und Angery schaute ihn indeß freundlich lächelnd an. „Nun reich ihm auch noch Deine Hand zum Danke dafür!" fuhr Meneda fort. Angery gab sie nicht; Palmerio nahm sie nicht, Und Meneda mußte sie selbst in Palmerio's Hand legen, der leis die ihre drückte; denn Angery's Aehnlichkeit mit seiner Elisabeth gab ihm ein Zutrauen in Blick, Ausdruck und Benehmen gegen sie, dessen Einfluß sie nicht begriff, aber dem sie auch nicht widerstehn, aus ihm sich nicht loswickeln konnte. Der feurige Muskatwein, der jetzt herum ging, erregte Menede; er betrug sich freier gegen Angery, aber desto mehr suchte sie ihm auszuweichen. Denn Palmerio's höchst anständige, vornehme, ja götterhafte Gegenwart, die gleichsam das Zimmer erleuchtete, forderte ihr Scheu, ja Ehrfurcht ab, und machte ihr Herz beklommen. Er sehe wie ein Gott darein, voll ruhiger Kraft und Sicherheit, bescheiden sein Wesen mehr verhüllend, als entfaltend. So liegt der Diamant neben dem Kiesel, und es bedarf nur Augen, nicht Seele, um zu wählen; und selbst das neugierig-lüsterne Rothkehlchen pickt nach dem Wasserhellen Diamant im Ringe, wie nach einem Wassertropfen. Jetzt kam die Mutter der Basiliky, eine schlaue, feine, charaktervolle Alte, ihren kleinen zweijährigen kranken Enkel Koko (ein Schmeichelname, aus Nikolao gebildet) auf dem Arm. Der Arzt war nach Smyrna gereiset, um seine Braut mit ihrem Vater nach Chio zu holen. Die Mutter war ängstlich, nahm das Kind, und trug es kosend umher. Mit der Alten war eine Schmuckhändlerin aus Constantinopel heraufgekommen. Sie schien bestellt, oder geholt zu seyn. Sie grüßte, und legte den Frauen, besonders aber Angery Halsbänder, Nadeln, Ringe und andern Schmuck in den Schooß. Meneda wählte, handelte ängstlich, und kaufte. Angery hätte gern noch ein Halsband zu ihrem Brautstaat gehabt; Meneda konnte oder wollte nicht verstehn. Sie holte ein kleines rothgefüttertes Schmuckkästchen, worin nur noch Ein Ring war; die andern Futter desselben waren leer. Sie wurde mit der Alten Handels eins, die ihn annahm. Angery küßte den Ring, im Innern eine schmerzliche Vergangenheit anschauend und nachempfindend, und gab ihr dann denselben samt den kleinen Kästchen gelassen hin. Palmerio kaufte von der Alten den Ring, ohne von ihrem Gebote zu handeln, steckte ihn an seinen Finger, und das Kästchen zu sich; was Angery erröthend bemerkte. Auch wechselte er noch eine Anzahl große blanke Genuesische Dublonen, welche die Chiotinnen um den Hals zu tragen lieben, von der Alten ein, und gab sie Meneda. Du giebst mir's einmal oder keinmal wieder; sagte er zu ihm. Meneda mußte sie nehmen, und was konnte er anders, als sie Angery geben? Sie sahe Palmerio dafür wie recht ernstlich erzürnt an; aber ihr Blick endete, als sie ihn langsam von ihm wandte, wie eine schwarze Nacht in Morgenröthe, in einem zerschmelzenden Feuer.